MOGU MOGU
蘑菇濃湯

Light 008
MOGU MOGU 蘑菇濃湯

作者：小啼大作兒童音樂社有限公司｜插畫：混合編碼 MixCode
插畫協力：Amy Wang｜設計：Amy Szuyi Chang
裝幀設計：Dinner illustration｜校對：李映青
行銷企劃：呂嘉羽｜業務主任：楊善婷
發行人：賀郁文｜副總編輯：吳愉萱
出版發行：重版文化整合事業股份有限公司
臉書專頁：https://www.facebook.com/readdpublishing
連絡信箱：service@readdpublishing.com
總經銷：聯合發行股份有限公司
地址：新北市新店區寶橋路235巷6弄6號2樓
電話：(02)2917-8022｜傳真：(02)2915-6275
法律顧問：李柏洋
印製：中茂分色製版印刷事業股份有限公司
一版一刷：2024年02月｜定價：新台幣499元
ISBN：978-626-97865-2-7

蘑菇濃湯
MOGU MOGU
一起來說故事

這裡是蔬菜森林。

是在下午的 4 點 44 分，

絕對不可以走在路上的蔬菜森林。

因為會有濃湯海浪出現，
而且被濃湯海浪沖走的，
都沒有回來過。

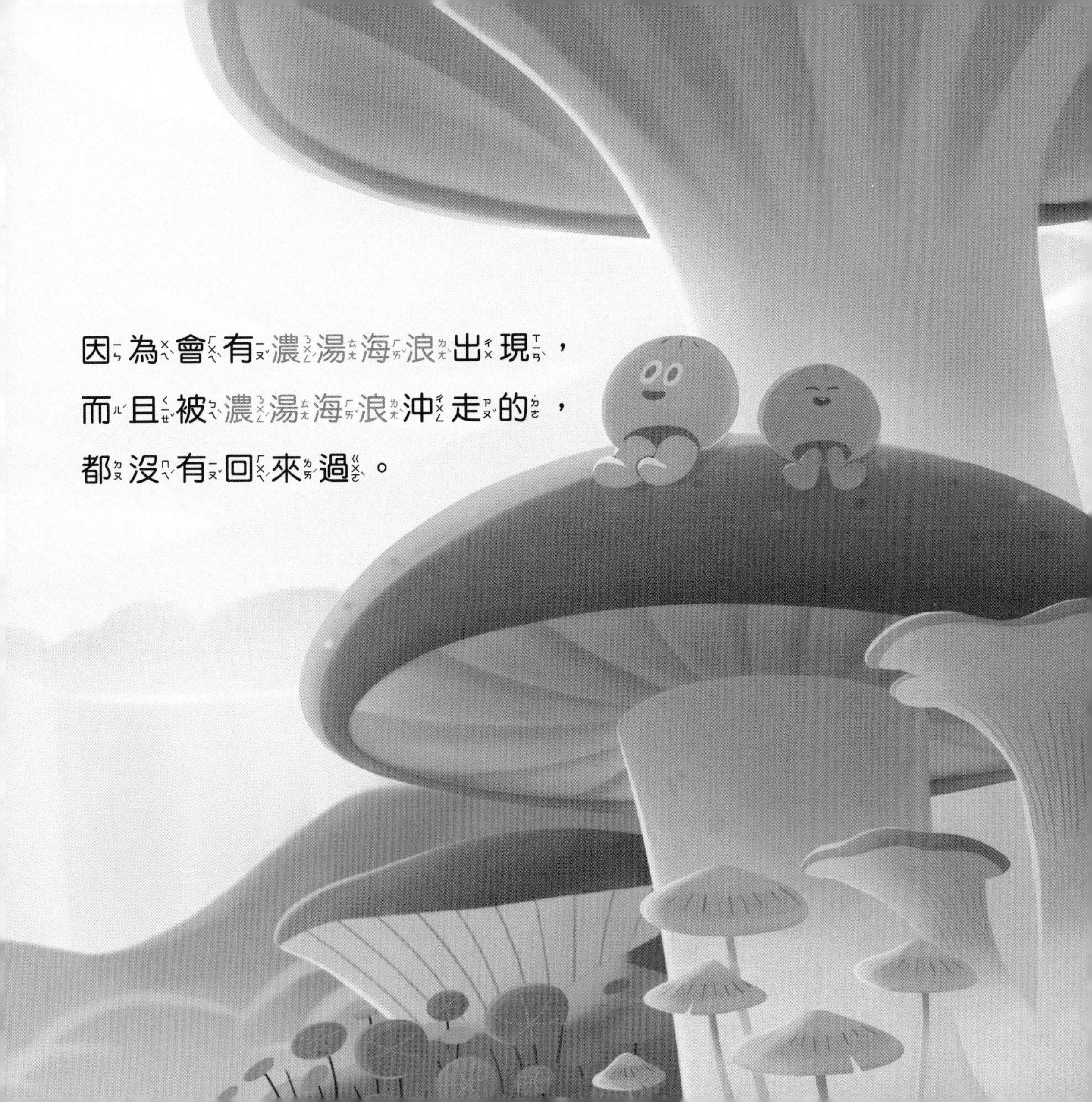

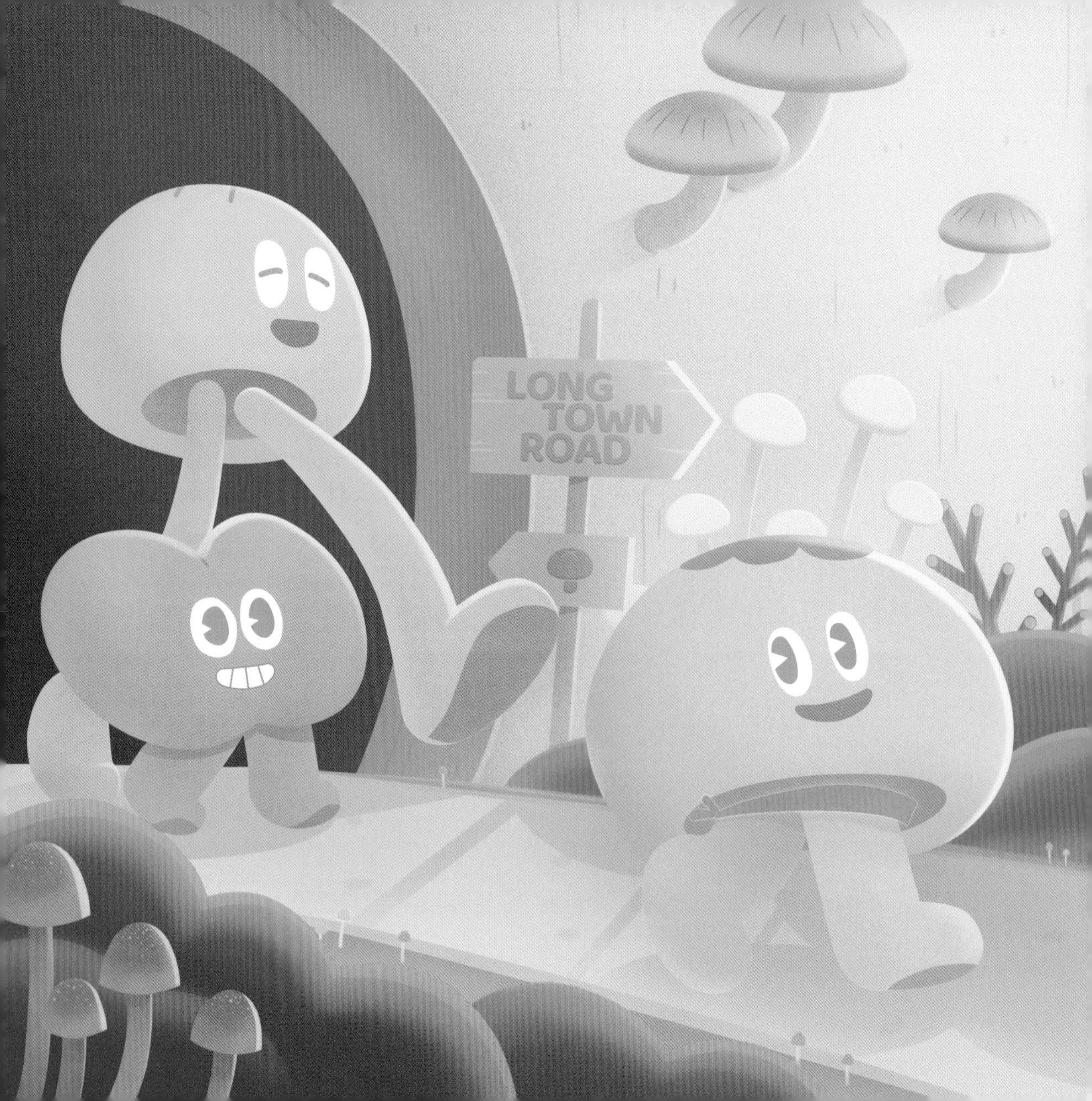
LONG TOWN ROAD

新搬來的蘑菇們，

並不知道蔬菜森林有這個規矩。

他們大剌剌的在下午 4 點 43 分，走在濃湯路上。

我們好像搬到一個很無聊的地方欸！路上一個人都沒有。

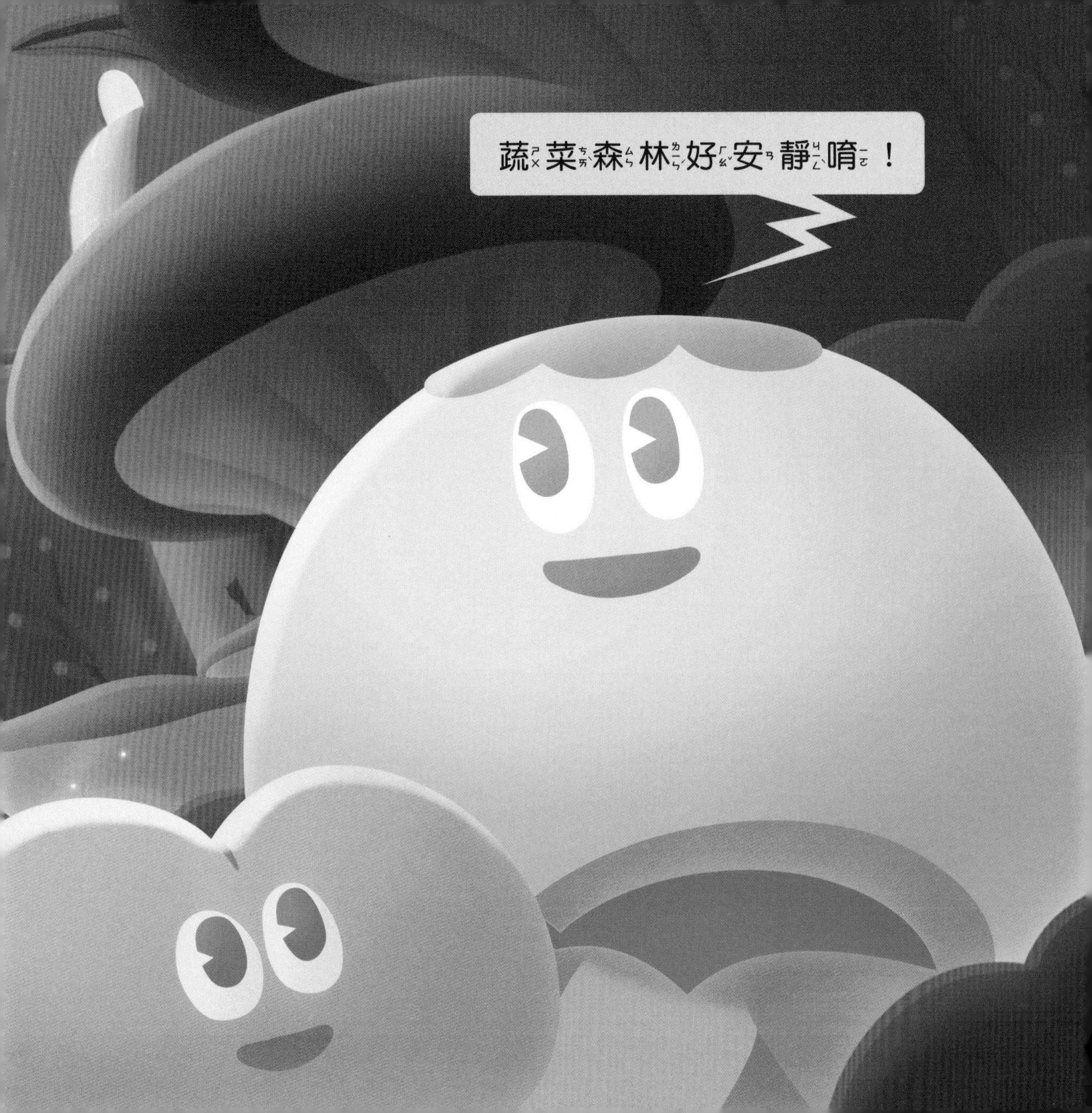
蔬菜森林好安靜唷！

這些蘑菇們怎麼會
在這時間散步呢？

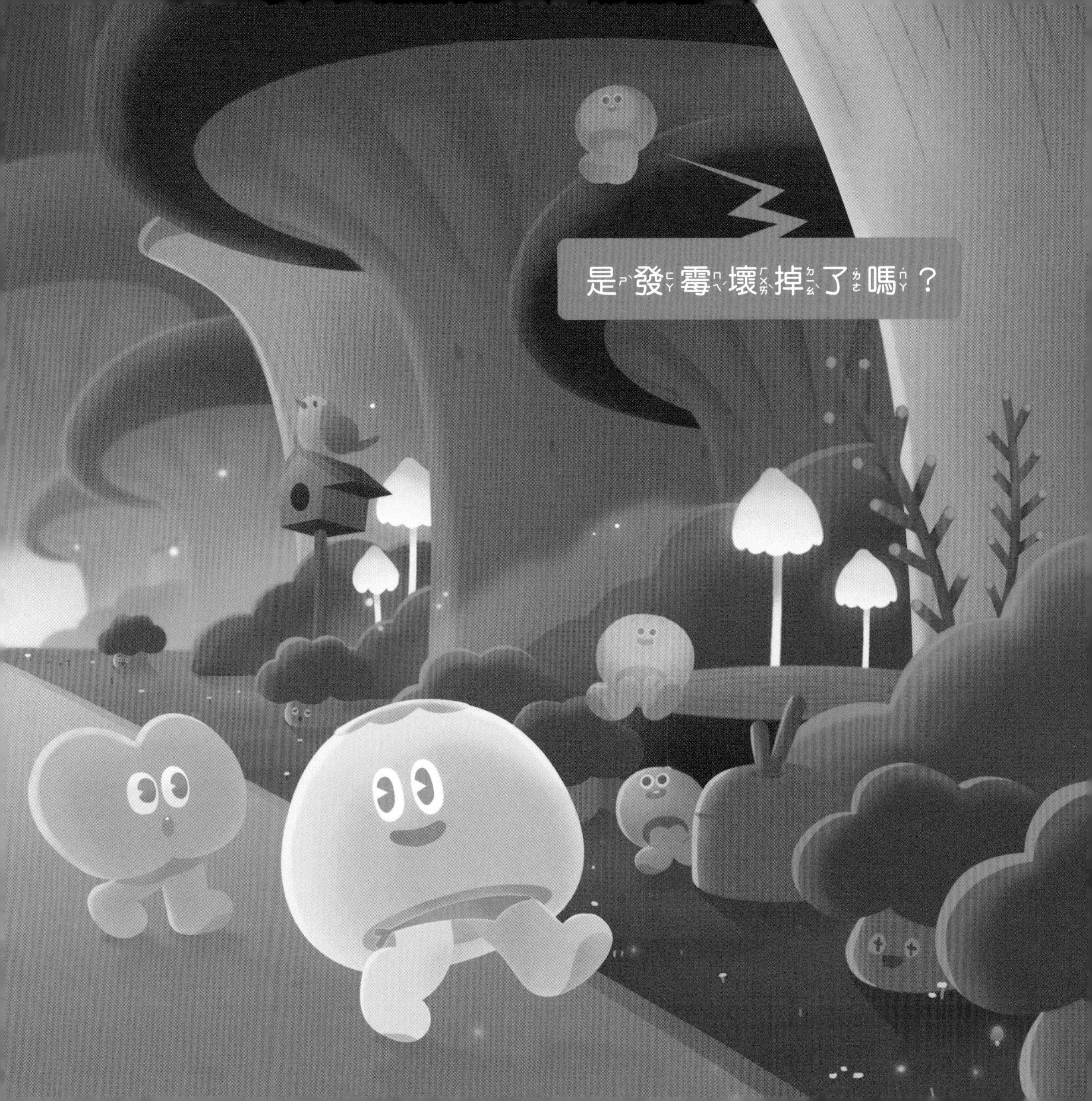
是發霉壞掉了嗎？

我不管了！

我躲在地裡那麼久，
他們都敢走在路上，
我也要加入！

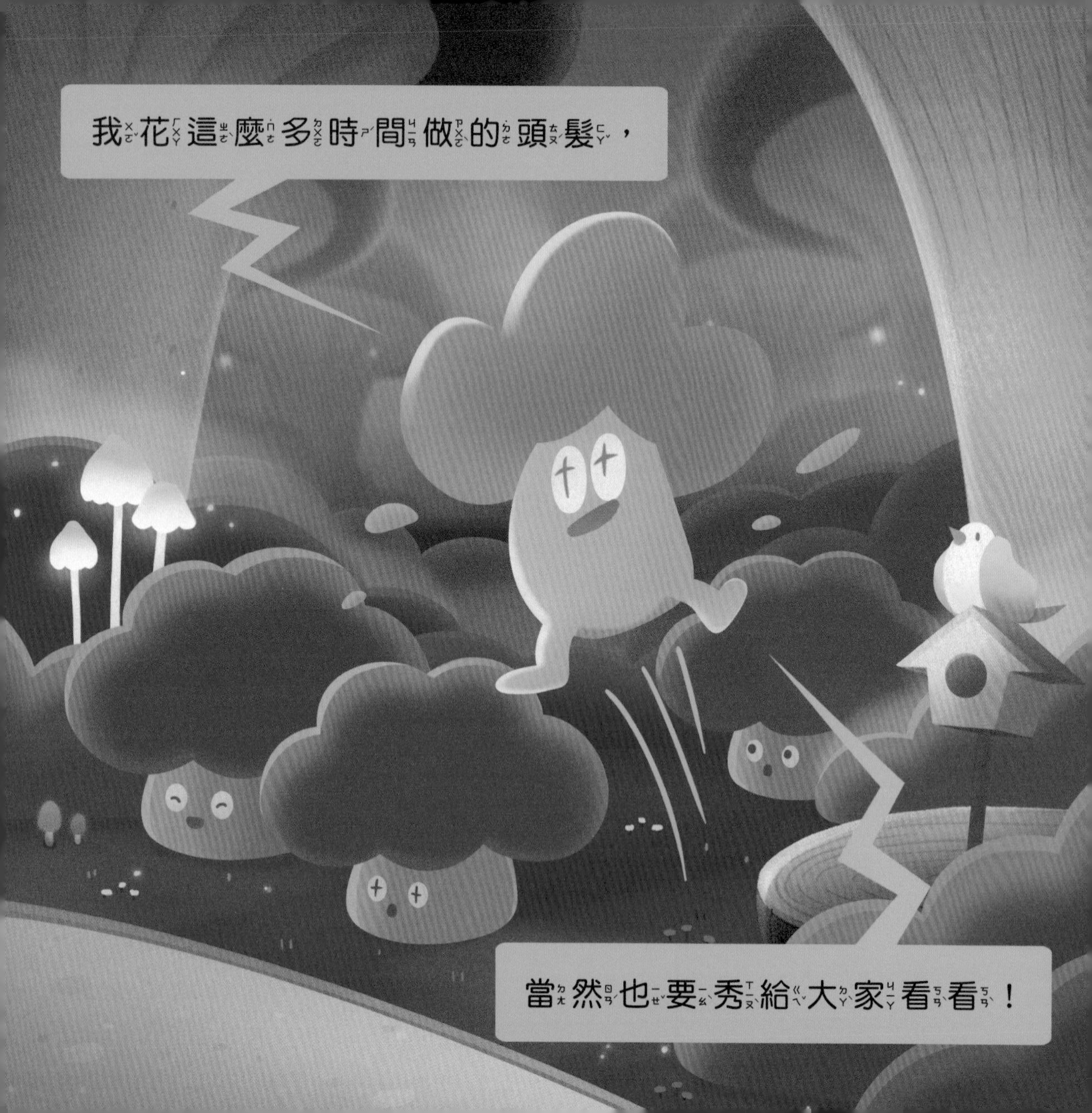
我花這麼多時間做的頭髮，
當然也要秀給大家看看！

大步大步往前走！

看吧！ 沒事吧！

濃湯路就是我們的舞台，

大家的目光都在我們身上！

我們就是

拯救無聊蔬菜森林的英雄！

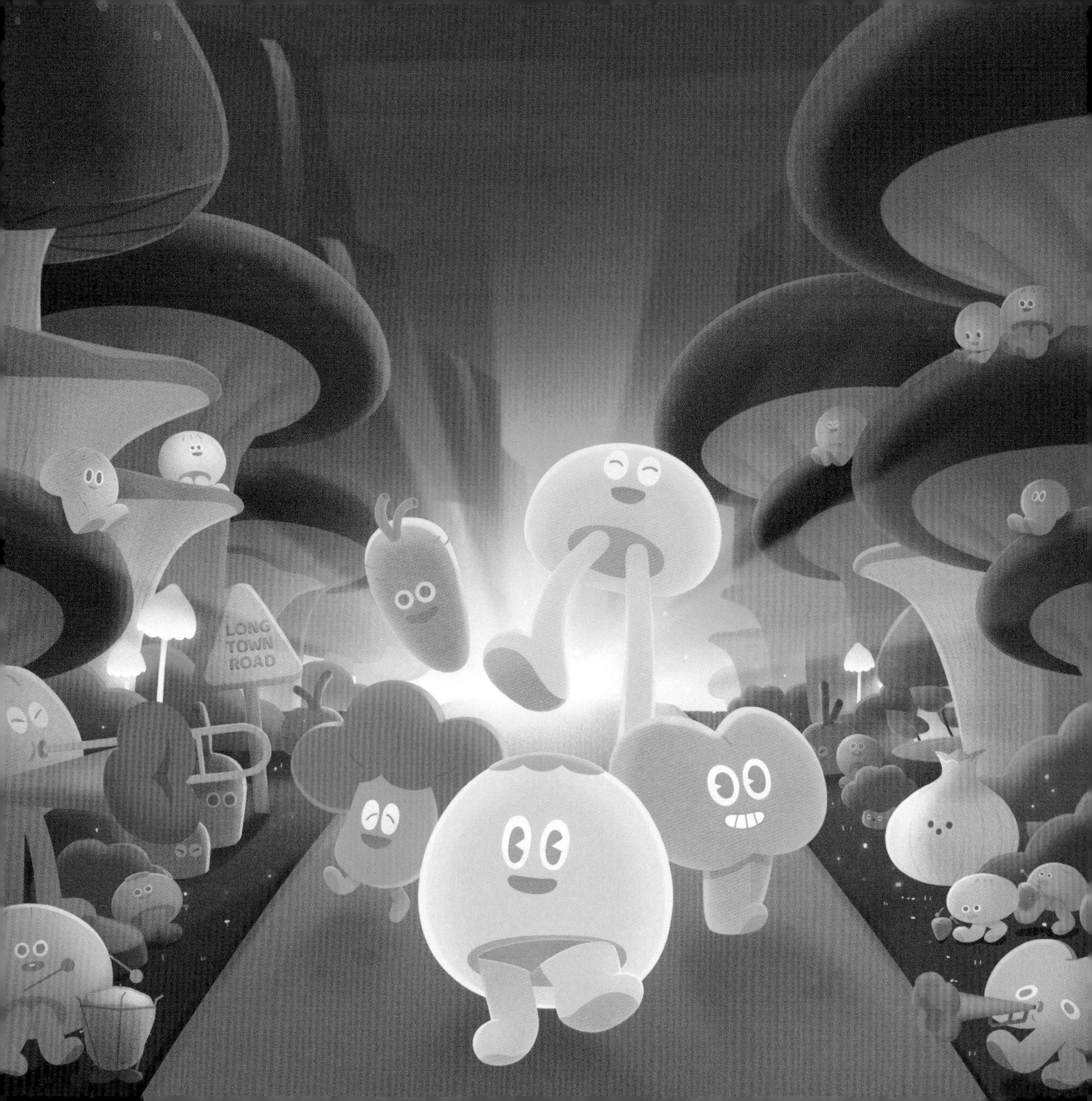
LONG
TOWN
ROAD

咕嚕咕嚕咕嚕～

暖暖的溫度從背後飄了上來。

天啊！
濃湯海浪真的出現了！

大家快跑啊！

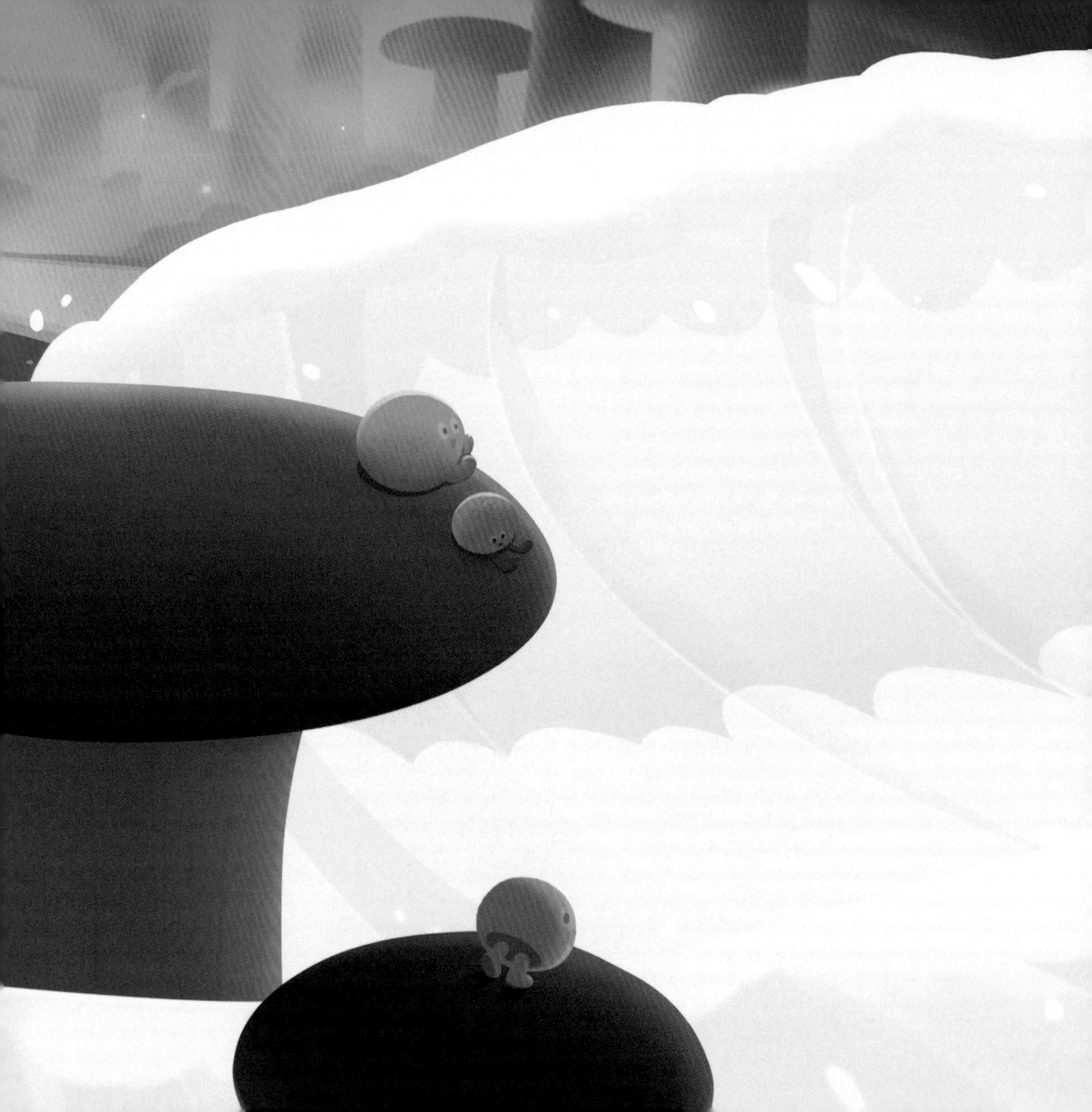

都還來不及跨出下一步，

下午 4 點 44 分 4 秒！

紅蘿蔔、花椰菜與蘑菇們，

果然被大家一直很害怕的濃湯海浪給沖走了。

早知道，我就應該跟
蔬菜森林居民一樣躲起來的……

救命啊！

撲通!

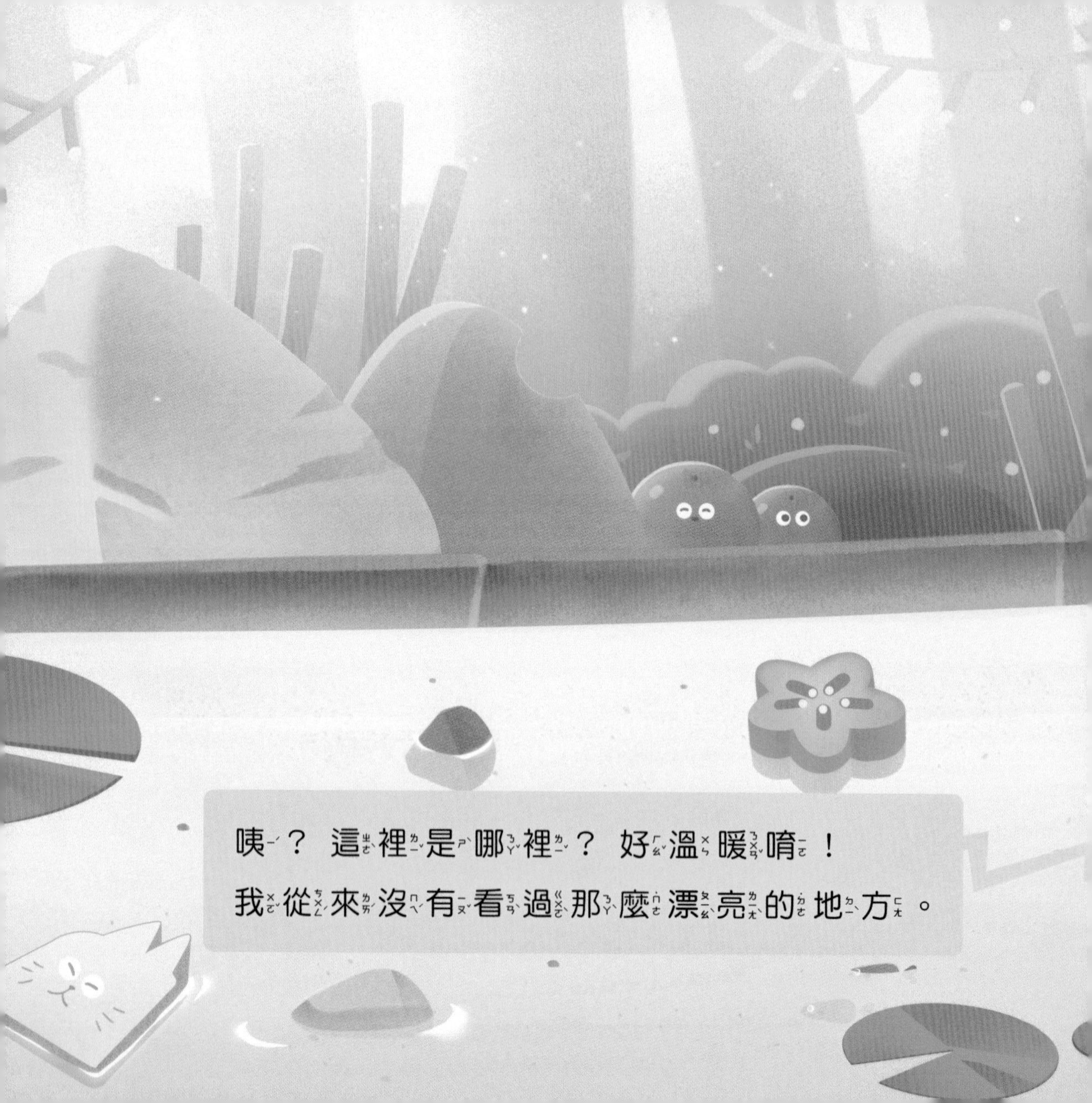

咦？這裡是哪裡？好溫暖唷！
我從來沒有看過那麼漂亮的地方。

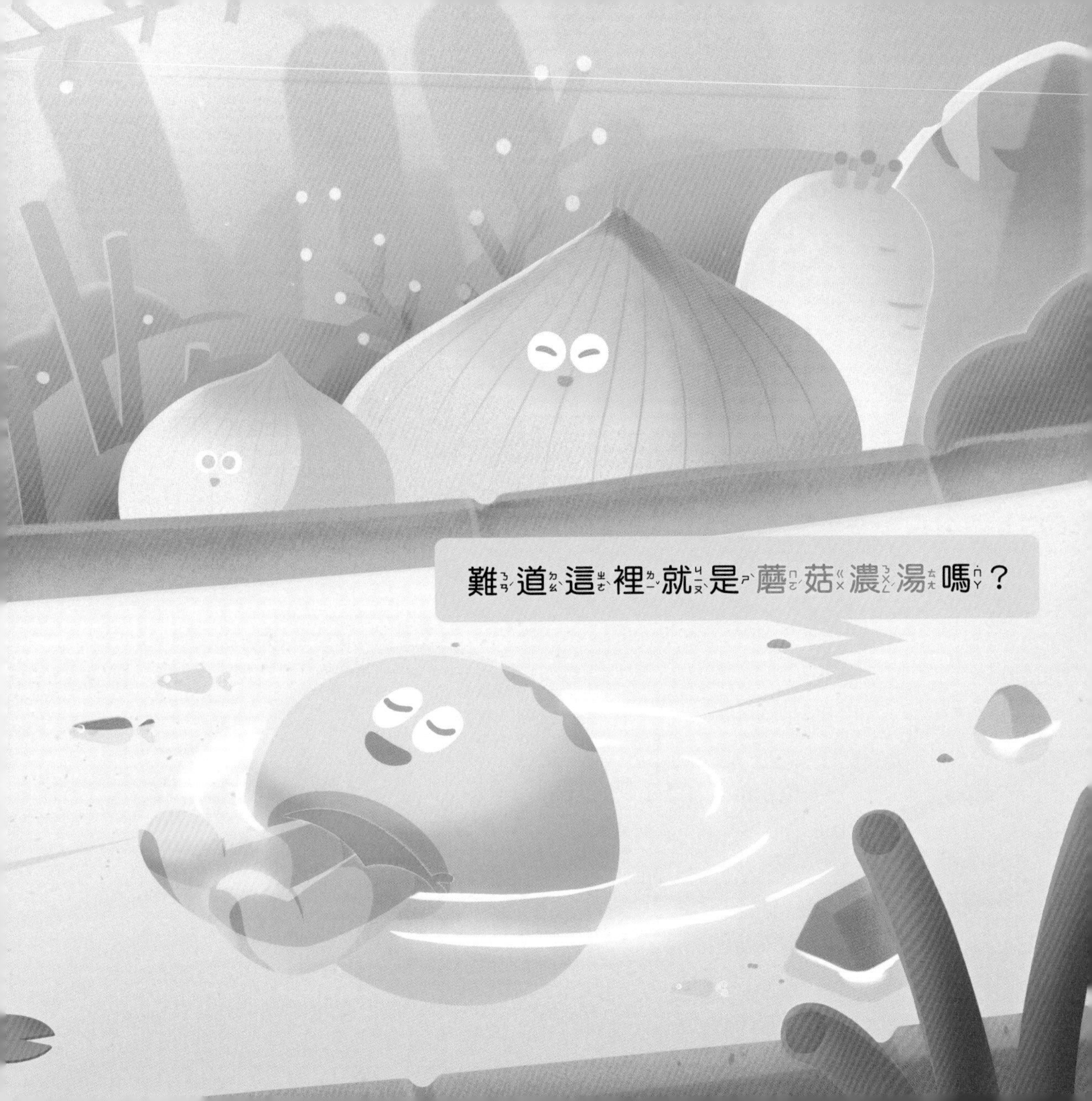

難道這裡就是蘑菇濃湯嗎？

濃濃的牛奶和淡淡的香草，

加上一咪咪的胡椒。

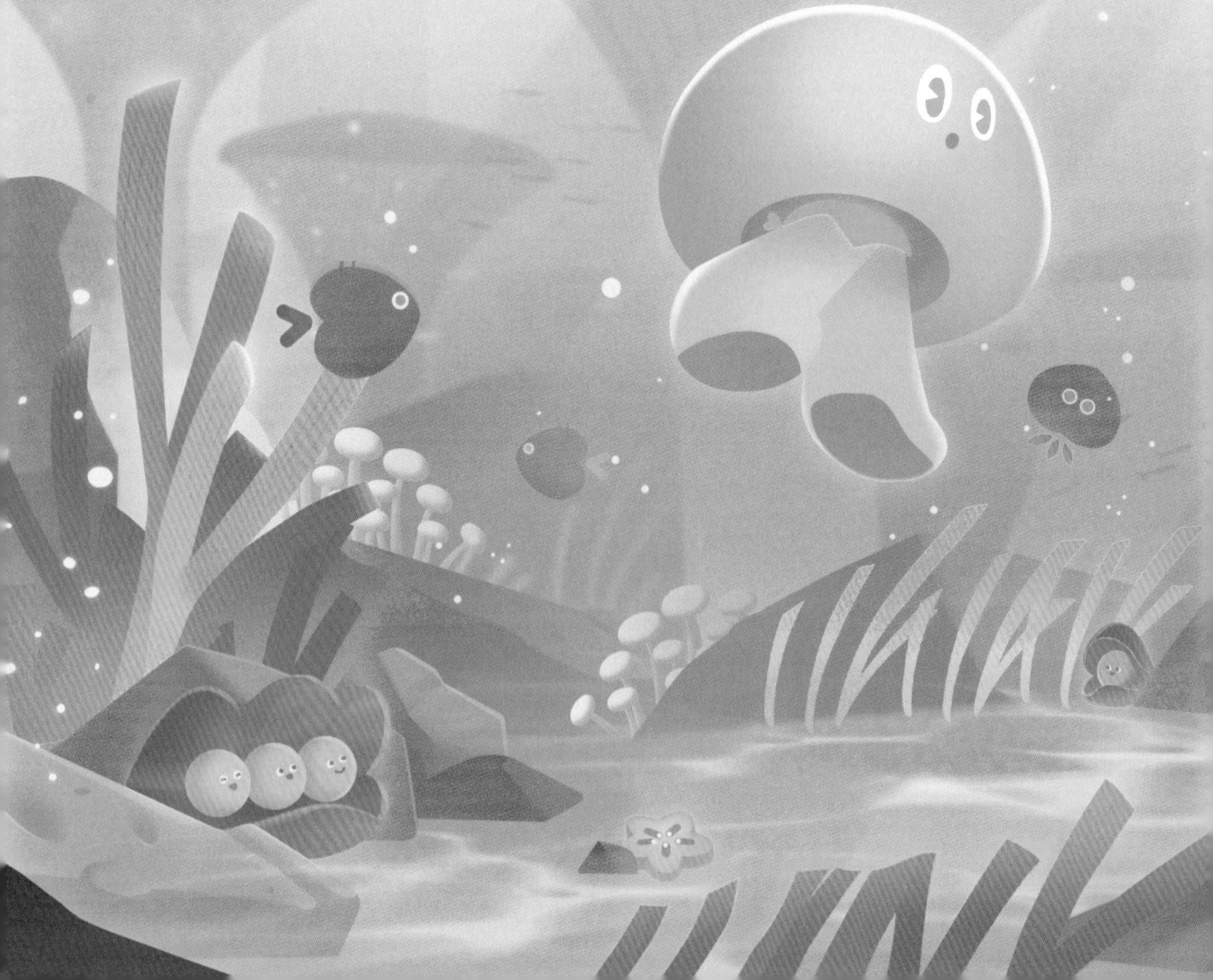

大家開心的在濃湯裡游來游去，
讓蘑菇濃湯多了一些風味。

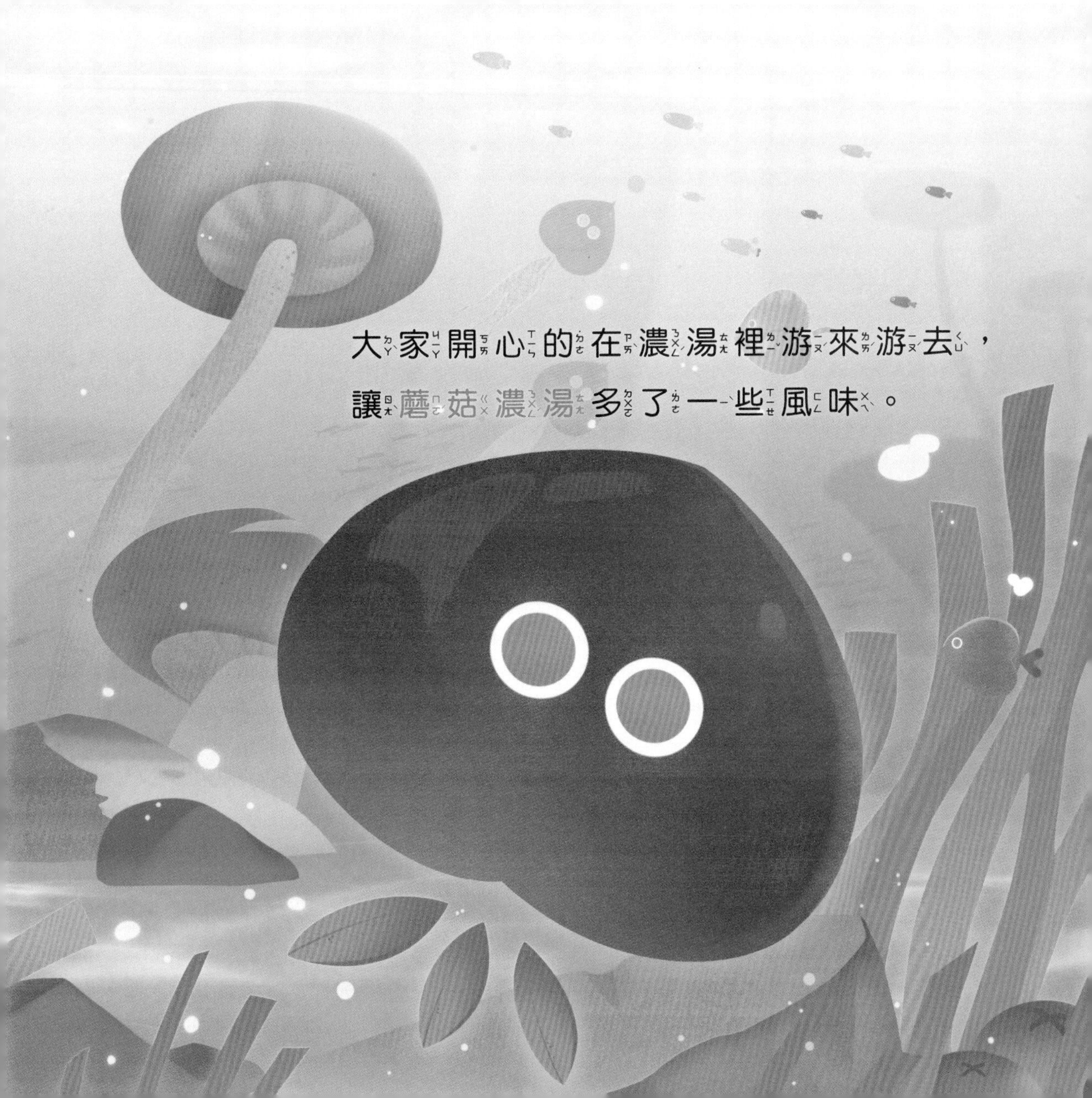

喂，新來的！趕快上來！
大家都在等你們唷！

麵包烏龜邊說邊把大家

接到他的背上，

咻～

的一聲，從濃湯底游了上岸。

歡迎來到蘑菇濃湯村！

這裡有吃不完的美食
和永遠不會結束的音樂派對唷！

你們再也不會覺得無聊了！

難怪被濃湯海浪沖走的人，
都不想回去蔬菜森林了。

The End.

蘑菇濃湯
DO YOU KNOW?
如何逃出濃湯海浪？

在蔬菜森林裡有個規矩，

就是在下午的 4 點 44 分，

絕對不可以走在路上。

你還記得會發生什麼事嗎？

好高、好圓、好美和花椰菜，

他們悠哉悠哉的在下午 4 點 43 分

走在濃湯路上。

糟糕！4點44分了！

濃湯海浪要來了！

登登登！請問！

哪一種方法可以**最快**

逃出濃湯海浪的魔爪呢？

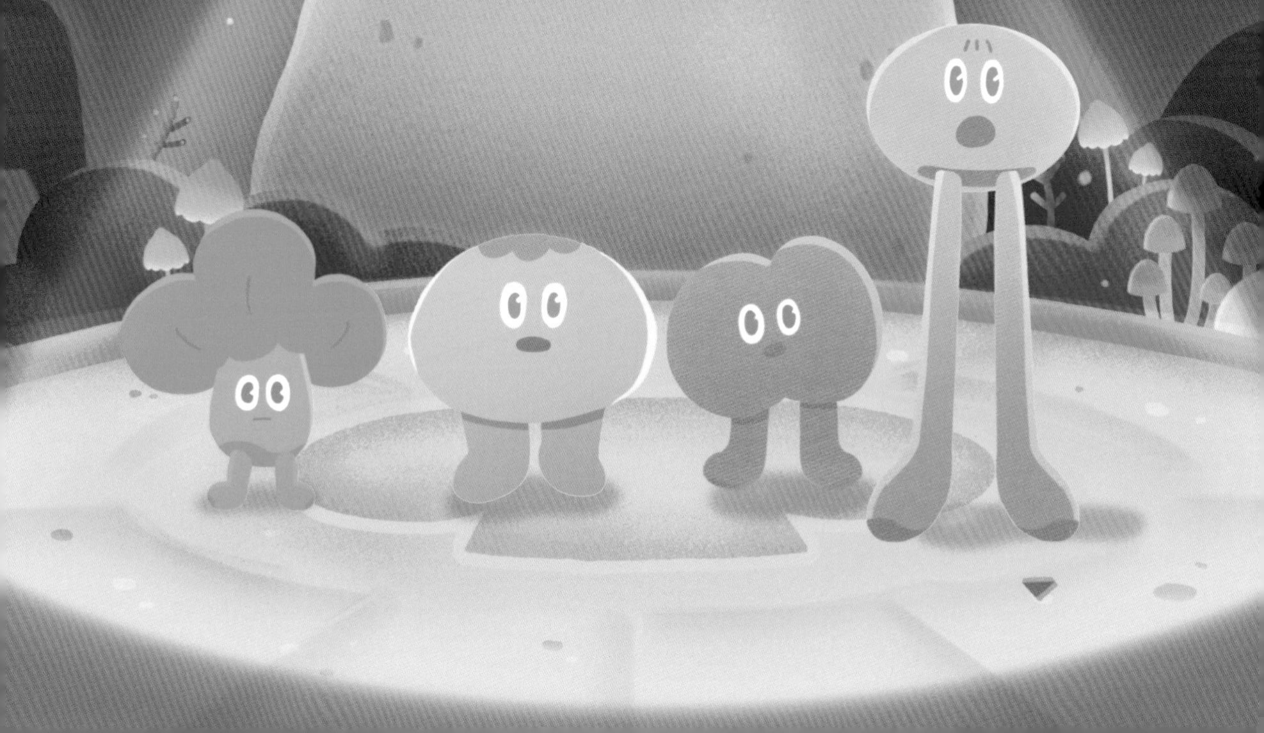

腳踏車
滑板

時間倒數，三、二、一。你選好了嗎？

準備就位！

砰ㄆㄥ！

緊張緊張緊張，刺激刺激刺激！

花椰菜目前保持一路領先！

一個突然！

哎呀！

花椰菜為了撿他的假髮，
被捲入濃湯海浪中。

眼看濃湯海浪就要沖過來了！

剩下的三位蘑菇奮力的往前衝！

抵達終點！

你猜到第一名是誰了嗎？

恭喜三位蘑菇，

成功逃出濃湯海浪的魔爪！

3

小朋友，你知道時速是什麼嗎？
時速，就是我們在一小時內移動的距離。

DO YOU KNOW
時速是什麼？

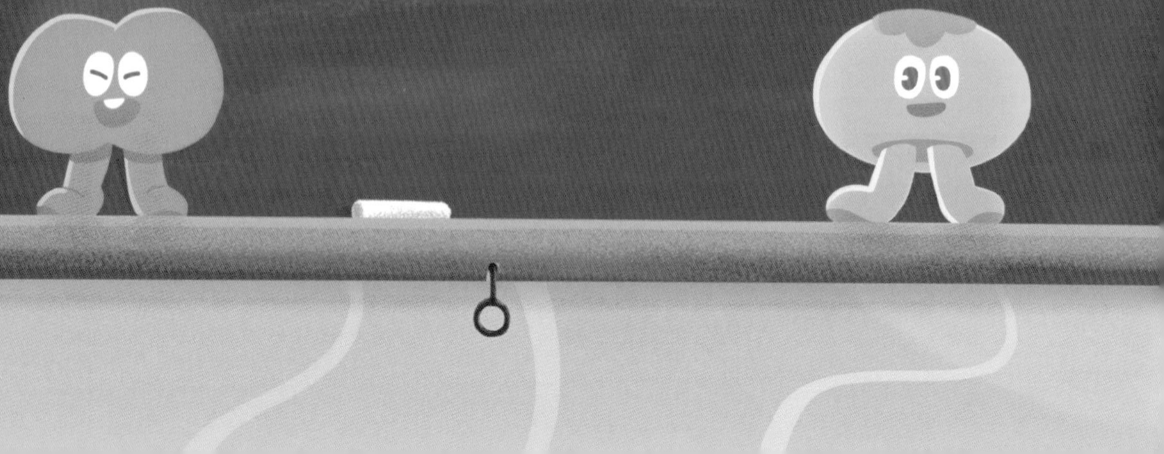

通常來說，人類跑步的時速是 7-8 公里，
滑板是 5-10 公里，直排輪是 16-24 公里，
腳踏車則是 15-25 公里。

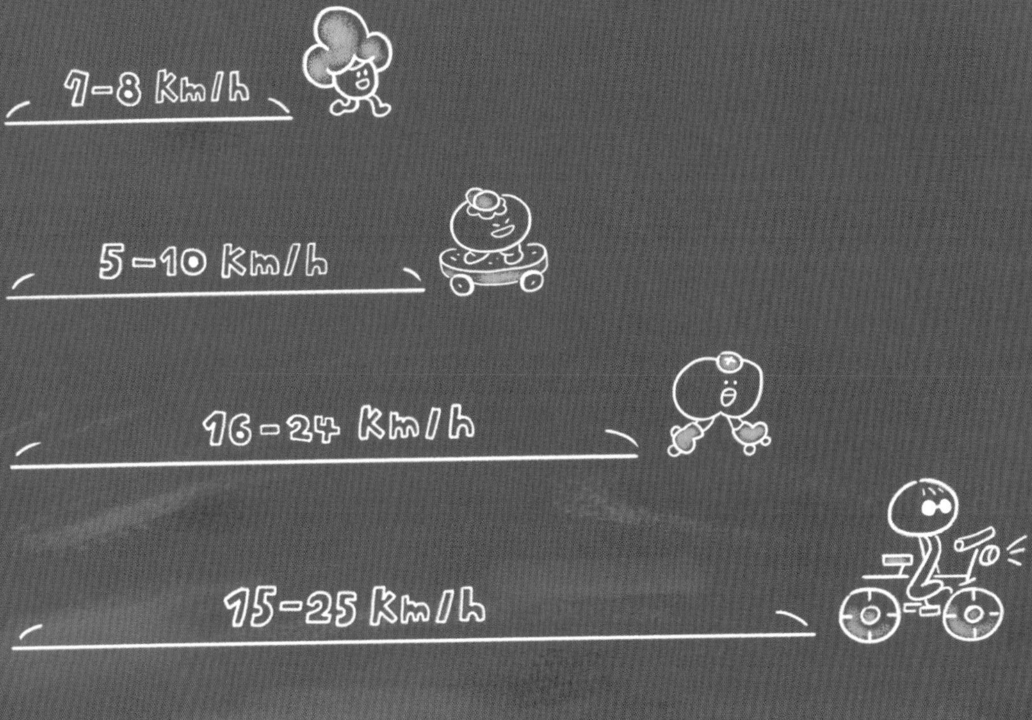
7-8 Km/h
5-10 Km/h
16-24 Km/h
15-25 Km/h

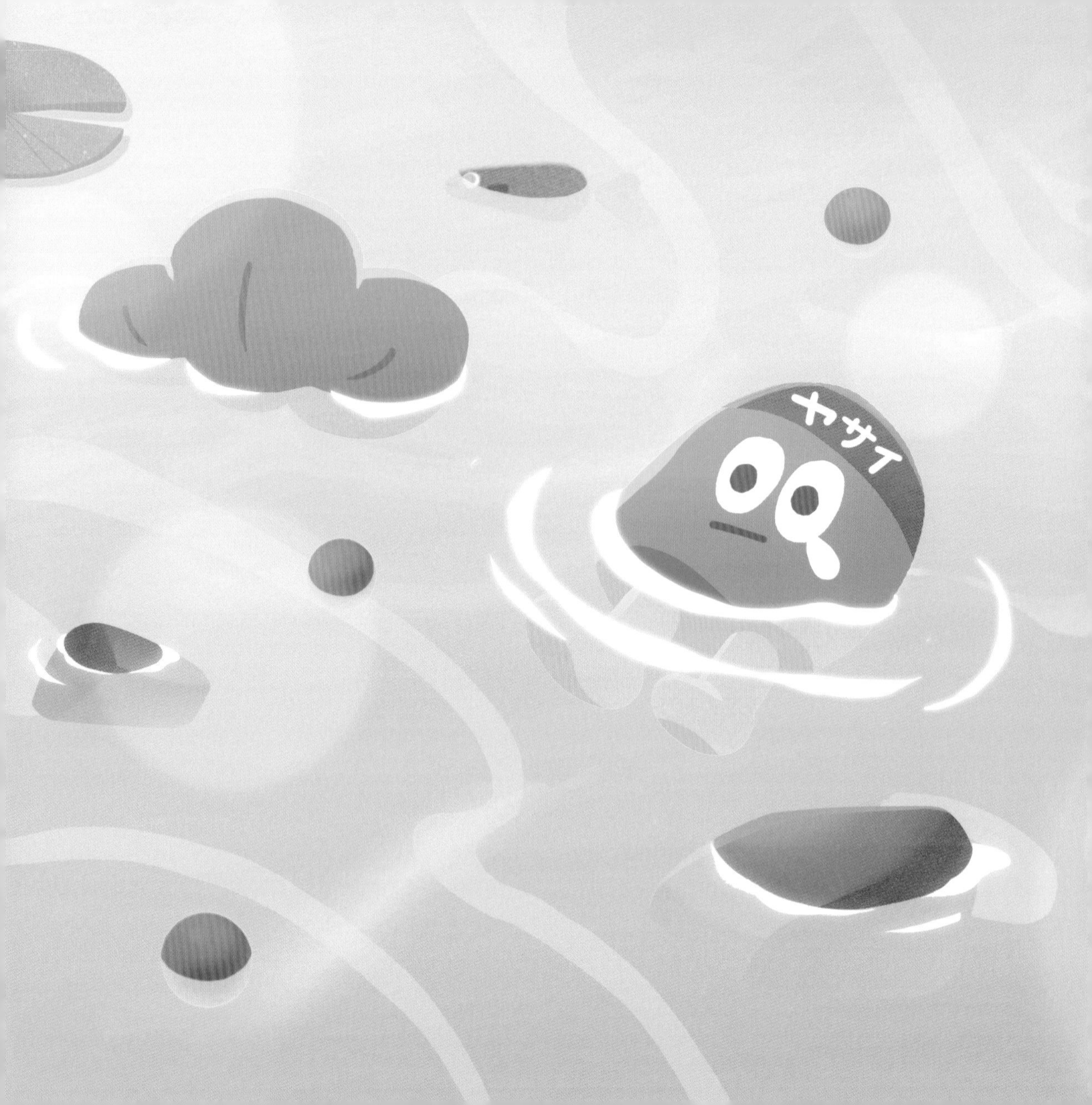
ヤサイ

但是速度的快慢，還是因人而異唷！

下次趕時間的時候，
你知道要用什麼方法了嗎？

The End.

蘑菇音樂會
蘑菇濃湯
Let's Play
一起來唱〈蘑菇濃湯〉
playBIGmusic

蘑菇濃湯

Lydia Wangwang

不管是大人還是小朋友
一起來唱蘑菇濃湯

這是什麼樂譜？

左頁是〈蘑菇濃湯〉的唱歌譜，又稱為 lead sheet、領譜、導引譜、功能譜，只用一行五線譜就能呈現整首歌的基本內容和架構，讓大家速速看清楚一首歌的長相。

唱歌譜對不同音樂程度的人有不同的使用方法，有的人會用來演奏，有的人可以自彈自唱，不過就算我們不會演奏樂器，還是可以看著譜大聲唱歌喔！

給小朋友唱歌的使用說明：

1. 一起來觀察：拍子是什麼呢？（觀察譜號。）速度是快還是慢？（可使用節拍器先聽速度。）調性是什麼呢？（觀察調號。）歌曲的段落有哪些？（請見下一頁標示。）
2. 練習旋律：一起看看五線譜，將 Si Do Re Sol 唱出來，如果能有鋼琴幫忙會更容易。耳朵打開，聽聽音高，再試著自己唱唱看吧！
3. 大聲唸出歌詞：有沒有哪個字不會唸呢？來問問老師吧！查到之後可以寫上注音提醒自己。
4. 搭配音樂一起唱：沒有歌詞的前奏、間奏及尾奏也要專心聽喔，可以跟著譜數拍子，就不會錯過歌詞啦！

進階玩法

會彈鋼琴或吉他的小朋友，可以依照五線譜上標示的和弦記號，試著即興彈奏出屬於你的〈蘑菇濃湯〉伴奏。

花式玩法

閉上眼睛完全不看譜，只用耳朵也可以學會唱這首歌喔！

蘑菇蘑菇～通通裝進腦袋裡～
至於譜，我們拿來摺紙飛機～
推薦給 6 歲以下的小朋友！

試試看，一起來看樂譜

什麼是「譜號」？

常見的譜號有高音譜號、中音譜號和低音譜號等，它們是用來告訴大家五線譜上的音符是在哪個音域範圍。每一行五線譜都要寫上譜號，少了它，五線譜就變成沒有意義的五條線，演奏家也會不知該如何是好。

我們在前頁唱譜上看到的是高音譜號。有時候歌唱到一半，如果突然需要高一點或低一點的音域，也有可能會在中間變換譜號。樂器分譜上的譜號則根據樂器種類而定，高音樂器通常會使用高音譜號，低音樂器就會使用低音譜號。

什麼是「調號」？

要怎麼在五線譜上看出一首歌是什麼調呢？就是看調號囉！

簡單來說，調號是寫在譜號後面的升號和降號，用來標註需要升高或降低的音。以鋼琴為例，最簡單的就是 C 大調，什麼升降記號都不用寫，整首歌都彈白鍵，不彈黑鍵！要變成其他的調，就會需要黑鍵與白鍵混搭。每一個調的黑白鍵混搭是有一定規則的，例如 G 大調需要一個黑鍵，D 大調需要兩個黑鍵。〈蘑菇濃湯〉是 E 大調，需要四個黑鍵：升 F、升 C、升 G、升 D。所以，只要在譜號旁邊標示這幾個音的升號，音樂家就能演奏出正確的旋律。

同樣的，每一行五線譜都需要寫調號，歌曲中間轉換調性的時候也會重新標示。

什麼是「拍號」？

拍號由兩個數字組成，讓你知道這首歌的節拍。先看下方的數字，它指的是這首歌拍子的單位，4 就是四分音符，8 就是八分音符。再看上方的數字，它會告訴你一個小節有幾拍，4 就是一個小節有四拍。〈蘑菇濃湯〉的拍號是 4/4 拍，代表一個小節有四個四分音符。

1、2、3、4，1、2、3、4，來！大家跟著音樂一起數拍子！

拍號不需要每一行都寫，歌曲中間若想改變節拍，
在開始改變的地方寫下新的拍號就可以囉！

Piano

蘑菇濃湯

Lydia Wangwang

24
C
mf
29
34
D
39
p
43

鋼琴

Piano

這是什麼樂器？

鋼琴屬於鍵盤樂器，可以獨奏也可以重奏，還能為各式樂器和歌聲伴奏，是相當實用的多功能型樂器。它的音域又寬又廣，能展現樂曲的多種色彩與個性，受到許多作曲家的喜愛，可以說是「樂器之王」呢！

它是如何發出聲音的呢？

彈鋼琴，看起來就是用手指按下琴鍵來發出聲音，其實這小小的動作後面藏了好多機關！簡單來說，鋼琴的琴身中有很多根弦與小槌子，當你按下琴鍵，裡面的小槌子就會敲擊對應的弦，發出聲音。

為什麼它會出現在這裡呢？

鋼琴是這首歌第一個出現的樂器，最初創作歌曲時就是用它來伴奏。鋼琴提供了完整的和聲，成為整首歌的基礎，就像〈蘑菇濃湯〉的背景蔬菜森林一樣，成為讓人安心的存在。

你知道嗎？

鋼琴的英文全名叫做 pianoforte，意思是「小聲大聲」，因為它既可以彈奏出小小聲、柔軟的音色，也可以發出又強又響亮的聲音，這對當時的人來說很神奇。因為鋼琴的前輩──大鍵琴，不管用力彈還是輕輕彈，發出的聲音都一樣大聲！

Bassoon

蘑菇濃湯

Lydia Wangwang

低音管
Bassoon

這是什麼樂器？

低音管又稱巴松管，屬於木管樂器家族。大家對低音管聲音的印象通常是溫暖厚實、平易近人，在背後默默支撐整個合奏的平衡。其實它的音域非常寬廣、音色豐富，高音域的表現帶點憂鬱，詮釋跳音時又帶點活潑，是非常有趣的樂器！

它是如何發出聲音的呢？

木管樂器的名字有「木」，代表是用木頭做的吧？沒錯，低音管的主體通常是由楓木製成。要吹出聲音還有一個很重要的東西，叫做簧片，是由蘆葦製成的。把空氣吹進小小的簧片中間，穿過管子，製造不同的震動，然後發出溫暖好聽的聲音，需要非常多的練習！

為什麼它會出現在這裡呢？

〈蘑菇濃湯〉的旋律屬於中高音域，因此選了一個中低音域的樂器來搭配，既可以平衡聲音，又不會和美妙的主唱打架。低音管的聲音扎實，同樣擁有溫暖音色的長號聲音則較為圓潤，兩個互相搭配剛剛好。

低音管吹奏短音的時候，聽起來扎實又有彈性，感覺就像在濃湯中咬到蘑菇粒的彈彈口感！

你知道嗎？

低音管很長很長，目測長度有 130 多公分，然而樂器底部是一個 U 形管，看起來就像把管子折成一半，所以實際長度幾乎是兩倍！

Violin

蘑菇濃湯

Lydia Wangwang

小提琴
Violin

這是什麼樂器？

小提琴在提琴家族中體型最小，音高最高，是現代管弦樂團最重要的弦樂器之一。它可以演奏出優美如詩般的旋律，也可以詮釋活潑熱情的樂曲，表現力非常豐富！

它是如何發出聲音的呢？

小提琴是利用弓與弦摩擦來發出聲音。演奏者用左手按著弦，改變弦的長度，讓弓滑過去時製造出不同的音高。你也可以用手指撥弦，會發出咚咚咚的撥弦音色。

為什麼它會出現在這裡呢？

小提琴通常負責演奏樂曲旋律，但在演奏〈蘑菇濃湯〉時，我們只有用到小提琴的撥弦技巧。這個看似簡單的撥弦，演奏出全曲最重要的旋律動機（靈感），也就是「蘑菇蘑菇」這四個音。小提琴的咚咚聲，是否讓你將小蘑菇的 Q 彈口感和它們可愛的身影聯想在一起了呢？

如果想要演奏小提琴？

小提琴有很多種尺寸，最小的 1/16 小提琴適合手臂長度 35-38 公分的小朋友使用。當身高長高、手臂變長，小提琴也要跟著換尺寸才行。

你知道嗎？

學小提琴的人有一個共同的祕密，那就是左邊下巴的咖啡色痕跡！這個痕跡是因為長時間練習，下巴一直夾著琴所造成的。如果你在路上看到另一個下巴有痕跡的人，就會知道你們是同一國（小提琴國）的！

Timpani

蘑菇濃湯

Lydia Wangwang

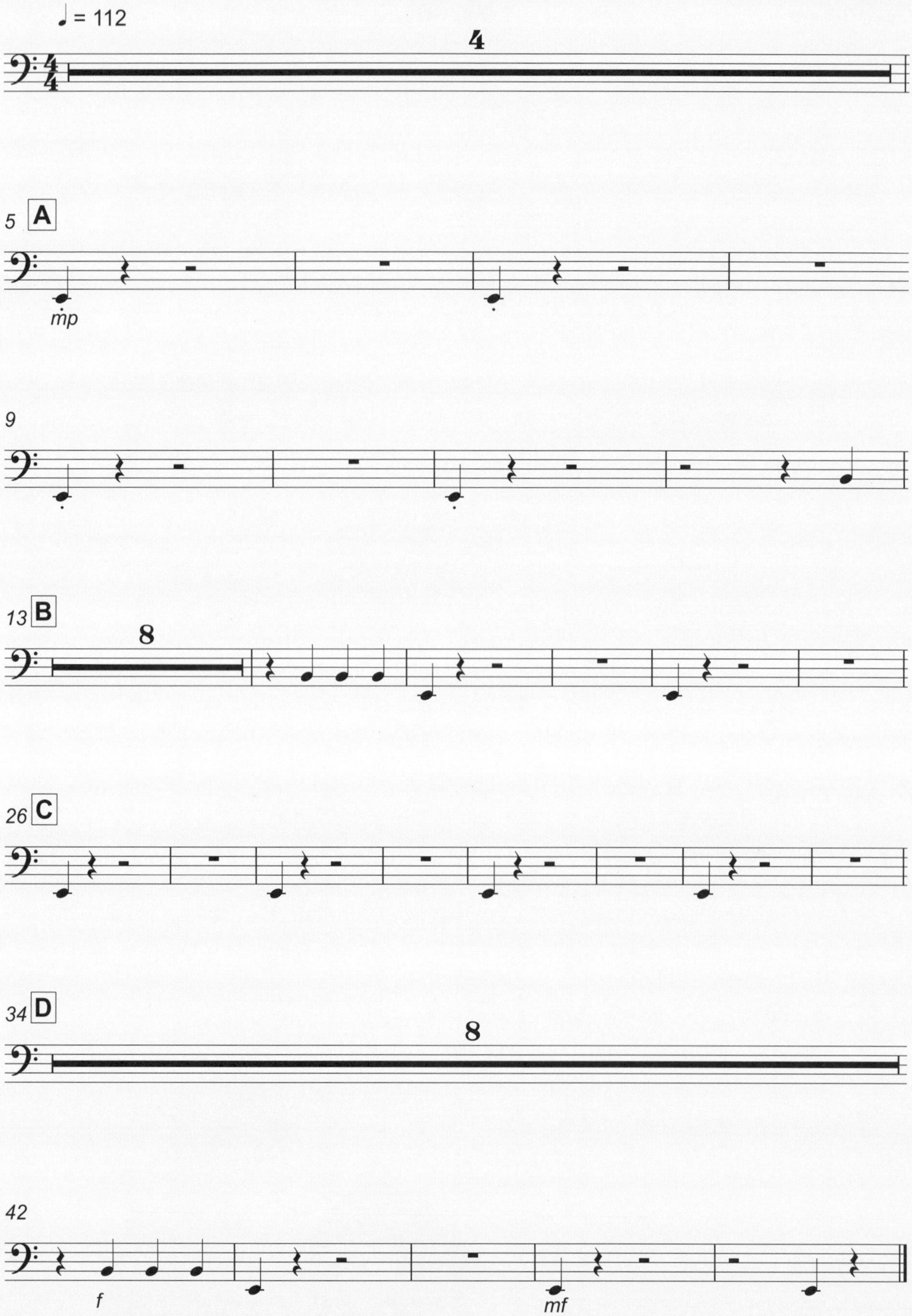

定音鼓
Timpani

這是什麼樂器？

定音鼓是可以唱歌的鼓，在打擊樂器中是非常特別的一個角色。每次演奏前，樂手會使用定音鼓下方的踏板來調音，一首歌最多可用上五個鼓來演奏，就會有五個不一樣的音，可以唱很多歌！

它是如何發出聲音的呢？

定音鼓和大多數的鼓一樣，靠敲擊鼓面發出聲音，但不適合直接用手拍打，而是要使用鼓槌。不同硬度的鼓槌可以敲出不同的音色，軟鼓槌敲出來的聲音較溫暖，硬鼓槌敲出的聲音很有精神！超響亮！

為什麼它會出現在這裡呢？

定音鼓的聲音，像不像蘑菇掉進濃湯的聲音呢？雖然對我們來說，蘑菇掉進濃湯裡聲音是小小聲的，但是對小蘑菇來說，應該就是像定音鼓的「咚」一樣好大聲吧！

在主歌的部分，定音鼓擊出了每一句的第一拍，能夠給聽眾和小蘑菇帶來安心感（唱歌比較緊張的小朋友，也可以跟著定音鼓抓拍子）。進入間奏時的「咚咚咚」是〈蘑菇濃湯〉的第二個重頭戲，表示「要被吃掉了」的震撼。但也因為定音鼓有調音的功能，更容易和其他樂器的聲音融合，耳朵聽起來的感覺更舒服呢！

如果想要演奏定音鼓？

定音鼓的高度大約 80 公分，也就是說，我們得長得比鼓更高，而且手垂下來的位置要在鼓面的高度，才能順利打到鼓。在長高之前，我們可以先練習節奏！打擊樂手需要非常穩定的節奏感，每天都要練習。此外還得訓練聽力，才能隨時檢查有沒有走音喔！

Triangle

蘑菇濃湯

Lydia Wangwang

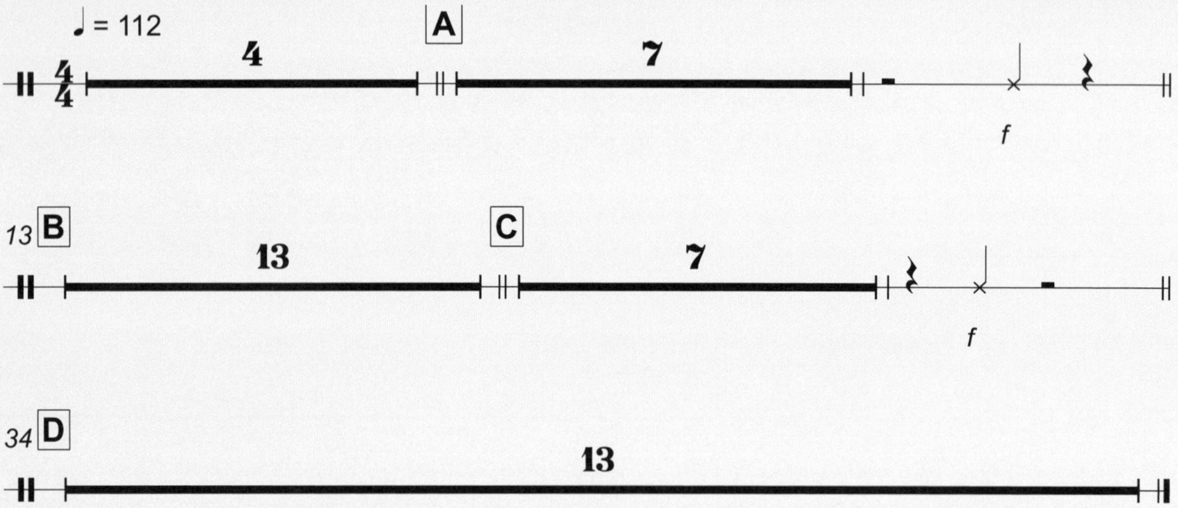

三角鐵

Triangle

這是什麼樂器？

這是一種金屬打擊樂器，現在通常以鋼為材料，做成三角的形狀。

它是如何發出聲音的呢？

用同樣是鋼製成的金屬棒敲打三角鐵，會發出兩種聲音：抓著三角鐵的任一邊，用棒子敲打，會發出短短的、較不響亮的聲音；用一條帶子吊著三角鐵，敲打的時候手不要碰到樂器本身，讓它持續振動發出響亮的共鳴聲。演奏時，我們通常敲打三角鐵沒有缺口的那一邊，也可以用棒子在三角鐵的框框內側繞圈圈，演奏出清脆的連續聲音。

為什麼它會出現在這裡呢？

在整首歌之中，三角鐵只演奏了……兩個音！聽到它清脆的叮叮聲，代表準備上菜囉！

如果想要演奏三角鐵？

三角鐵只要一碰到東西，就會發出響亮的聲音，所以演奏的時候最好小～心～輕～放～，尤其是放三角鐵的地方最好鋪上一塊布！

Trombone

蘑菇濃湯

Lydia Wangwang

長號

Trombone

這是什麼樂器？

長號還有另外一個名字是伸縮喇叭，是銅管樂器中唯一使用滑管的樂器，全身上下都是金屬製的，通常是黃銅或紅銅。

它是如何發出聲音的呢？

來，吸～一口氣， 然後對著吹嘴，吹～進長長的管子裡。

長號沒有任何按鍵或按鈕，要如何吹出音高呢？就是使用滑管！吹奏長號時，左手拿著樂器，右手控制滑管：當右手伸到最長就會吹出低音，把滑管收進來就會吹出高音。有技巧的控制滑管，也可以吹奏出非常滑順的滑音，製造很多幽默滑稽的音樂表情！

為什麼它會出現在這裡呢？

如何用聲音表現出蘑菇濃湯香濃滑順的口感呢？我們需要一種溫暖、滑順、厚實的聲音，當然非長號莫屬啦！在第二遍演奏時，長號吹出了許多滑音，讓聲音的畫面更活潑有趣，好像可以看到蘑菇們在濃湯裡玩跳水呢！

如果想要演奏長號？

吹奏長號需要充足的肺活量，還要有力氣扛得動金屬製的樂器，所以國小三年級以上的小朋友比較適合。如果想把長號吹奏得更好，可以多運動鍛鍊身體，長高一點，手臂長一點，演奏起來更方便喔！

Shaker

蘑菇濃湯

Lydia Wangwang

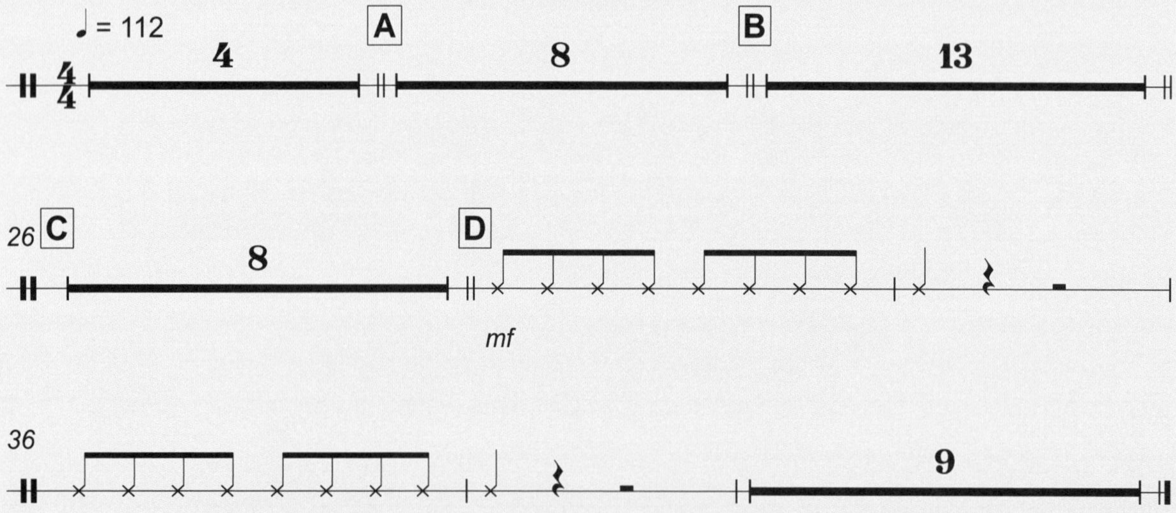

沙鈴
Shaker

這是什麼樂器？

這個來自拉丁美洲的打擊樂器，有各式各樣的形狀、大小和顏色。雖然沒有辦法演奏出旋律，不過只要有它，整首歌曲的氣氛就會變得完全不一樣喔！

它是如何發出聲音的呢？

沙鈴通常會做成圓形或蛋形，裡頭裝了許多會發出沙沙聲的塑膠小顆粒或豆類等，外面可能有把手也可能沒有。裡頭裝的東西不同，或是手搖擺的動作不同，聲音也會不一樣喔！

為什麼它會出現在這裡呢？

搖晃沙鈴的動作，讓你聯想到餐桌上的某樣物品了嗎？沒錯，就是胡椒罐！沙沙、沙沙，再灑一點胡椒和香草吧！

如果想要演奏沙鈴？

演奏沙鈴並不難，多練習手部動作，就可以搭配歌曲的節奏搖出動感的沙沙聲。但要小心別把它摔到地上，要是把它給弄破，收拾起來可就麻煩囉！

你知道嗎？

古早時候的沙鈴，是用曬乾的果實裝進曬乾的種子發出沙沙的聲音。現在只要把喝光的養樂多罐子洗好、晾乾，放入紅豆、綠豆、黃豆，也可以放米，然後再把開口封起來，就完成啦！

MOGU MOGU
蘑菇音樂會

歌曲：小啼大作兒童音樂社有限公司
文字與樂譜：Lydia Wangwang
封面與內頁繪圖：Paula Hsu
封面與內頁設計：Dinner Illustration

行銷企劃：呂嘉羽｜業務主任：楊善婷
副總編輯：吳愉萱｜校對：李映青
發行人：賀郁文
出版發行：重版文化整合事業股份有限公司
臉書專頁：https://www.facebook.com/readdpublishing
連絡信箱：service@readdpublishing.com

playBIGmusic

Let's play

WHERE'S MY CHOCOLATE?

是誰偷吃了花椰菜的巧克力？我們一起來找找看吧！

Let's play

WHAT'S THAT SMELL?

哇嗚，好臭！該不會有人在蘑菇濃湯裡面放屁吧？

你找得到是誰在放屁嗎？

蘑菇森林裡發現了新品種的菇，生物學家從來沒有見過，森林裡的動物也第一次看到。
所有的蘑菇要幫新朋友舉辦一場歡迎會，
究竟這個全新蘑菇的廬山真面目長怎樣呢？一起動手把它畫出來吧！
用任何你喜歡的筆（鉛筆、蠟筆、彩色筆都可以），畫出屬於你的蘑菇蘑菇。

playBIGmusic

Draw my MOGU MOGU

新品種菇菇大發現